오아시쓰

해밀중 리더의 글쓰기

해밀중학교 학생들
조선영 선생님

오아시쓰

좋은땅

'오늘, 아름다운 시를 쓰다'는 이렇게 펼쳐집니다

1부 - 오늘 우리 책을 읽었다

2부 - 아름다운 순간들을 생각하면서

3부 - 시와 시조를 쓰는 우리

1부

오늘 우리 책을 읽었다

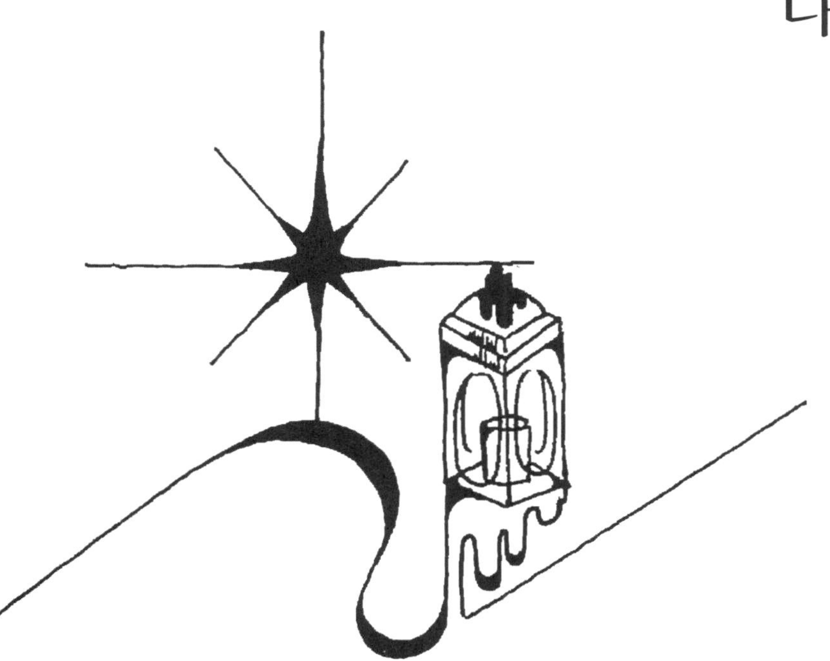

『세상에 대하여 더 잘 알아야 할 교양 11 - 사형제도는 과연 필요한가?』(케이 스티어만)를 읽고

3111 오승환

이 책은 사형제도로 생기는 일과 사형제도의 유무를 따지고, 실제로 일어난 사형제도로 다시 한번 되짚어 볼 수 있던 책이었다. 책의 중심 내용인 사형이란 법적으로 큰 잘못을 하거나 물의를 일으켜 다른 사람들에게 피해를 주는 행위를 한 사람에게 주어지는 가장 큰 형벌이다. 그 말은, 감옥에 가두는 징역형이 아닌 사람을 죽인다는 것이다. 사람을 죽이는 것을 쉽게 판단할 수 있을까? 우리나라를 포함한 세계 3분의 2의 나라가 2011년 이후로 사형제도를 거의 폐지했다. 우리나라 역시 1997년 이후로 헌법 10조에 따라 인간의 존엄성과 가치, 행복추구권을 지닌 인간에게 사형은 할 수 없도록 만들었다. 현재도 우리나라에는 약 60명의 사형 대기 수감자들이 있고, 사형을 받아도 마땅해 보이는 사람들을 뉴스에서 종종 볼 수 있다. 하지만 과연 사형을 하면 모든 것들이 다 해결이 될까? 일단 사형을 한다면 사회에 많은 혼란을 주거나 더 폭력적이고 어지러운 사회를 만들 가능성 역시 존재한다. 그들을 다시 한번 갱생시킬 기회를 제공해 주고, 또는 아예 종신형을 선고하기도 한다. 만약 다른 누군가가 범죄를 저지르고 나에게 죄를 뒤집어씌우고선 나를 피고인으로 만들었다면, 또 진실과 내가 부인할 증거가 없거나 유능하지 못하거나 경험이 적은 변호사를 선임했거나, 판사가 한쪽으로 치우칠 수 있는 판결을 해 사형이 내려진다면 과연 그것을 받아들일 수 있을까? 그런 거짓된 진실을 방지하기 위해 사형제도를 거의 폐지한다는 것도 이유가 된다. 사형이 내려질 때 실제로 유족들은 반대하거나 유족들은 반대를 하거나 감정적인 문제로 사형을 시키는 것을 꺼

린다고도 한다. 사형을 시키는 것이 무조건 정의 구현된다는 것도 아니고, 사형에 대한 무게감도 짧어지고 갈 수도 있기 때문이다. 나는 이 책을 읽고 많은 것을 깨닫기도 했다. 나도 한쪽으로 치우쳐지는 것보다는 다시 한번 생각을 해보고 판단해야겠다.

제인 오스틴의 『오만과 편견』을 읽고

3318 이수현

『오만과 편견』은 18~19세기 영국에서 몰락한 한 귀족 가문의 둘째 딸 이야기다. 주인공 엘리자베스의 어머니 베넷 부인은 자신의 다섯 딸들을 부유한 남자에게 시집보내는 것에만 관심 있는 사람이고 엘리자베스의 자매들도 결혼만이 중요하다. 엘리자베스는 무도회에서 오만하고 자기중심적인 듯한 다아시 씨를 만나 그와 여러 가지 사건을 겪게 된다. 이 책의 이야기는 등장인물들의 결점을 통해 전개되고, 이러한 결함 있는 등장인물들은 우리에게 교훈을 준다. 예를 들어 엘리자베스는 다른 사람들에게 들은 것만을 가지고 다아시 씨를 판단하여 행동하고, 이는 그와의 관계에 부정적인 영향을 준다.

이 책을 통해 부유한 남자와 결혼해야만 품위 있게 살아갈 수 있었던 예전 여성들의 삶과 지금의 여성들 삶을 비교해 보는 기회를 얻었다. 또한 나는 18세기 영국 사회와 오늘날 우리가 살아가는 사회가 많이 달라졌으리라 생각했지만, 사실 부자 앞에서 사람들의 태도와 인식이 달라지고 돈이 많은 사람과 결혼하여 안정되게 살려고 하는 것이 지금과 다르지 않다고 느꼈다. 마지막으로 나는 앞으로 돈이나 성공, 혹은 다른 사람들의 말만을 듣고 사람을 섣불리 판단하지 않아야겠다고 생각했다.

『예루살렘의 아이히만』(한나 아렌트)을 읽고

3422 홍수인

아돌프 아이히만은 유대인을 600만 명 이상 학살한 홀로코스트의 실무를 책임졌던 사람이다. 그는 나치의 패전 후 해외로 나가 도피 생활을 10년 넘게 하다가 이스라엘의 첩보기관인 모사드에 의해 체포되고 재판을 받는다. 전범 재판에 나온 그는 다른 사람들의 예상과 달리 매우 평범하고 친절한 사람이었다. 그는 재판에서 그저 자신은 상관의 명령을 따르기만 하였다며 무죄를 주장했다.

이 책은 겉으로 두드러지게 보이는 사람이 아닌, 우리 일상에 누구나 있을 법한 사람들이 악을 저지를 수도 있고, 모두가 당연히 맞는다고 믿고 저지르는 일이 악이 될 수 있다는 의미를 담고 있다. 단순히 아이히만은 서류에 결재만 하는 행정직이었지만, 그가 서류에 한 사인 한 번이 수백만 명이 넘는 유대인들을 죽였다. 우리에게 그가 한 이 행동은 너무나도 당연한 악이지만, 그 당시의 독일의 선이었으며, 마땅히 해야만 하는 일이었다. 이런 과거의 여러 사례들을 볼 때, 악은 처음부터 사회에 존재하는 것이 아닌 사회가 악을 만들어 나가는 것이며, 악이 집단과 시대와 관점에 따라 다르게 인식되며 해석될 수 있다는 것을 알려주는 유익한 책이었다고 생각한다.

기 드 모파상의 『목걸이』를 읽고

2617 이채문

현대 시대와 가장 맞는 고전 하나를 꼽는다면 『목걸이』인 것 같다. 이 책이 오래되긴 했지만, 현대 사회를 보여주는 지금과 다름이 전혀 없다. 목걸이의 주인공인 마틸드는 장관의 파티에 초대되었는데 자신의 형편에 맞지 않게 온갖 사치를 부리고 파티에 참여하고 싶어 했다. 여기부터가 현대인들과 아주 많이 닮았다고 느꼈다. 내 생각인 현대 사회에는 첫째, 위선자가 많다는 둘째, 점과 불필요하게 혹은 처지와 맞지 않게 부를 뽐내는 사람이 많아서 문제인 거 같다. 마틸드가 친구에게 빌린 가짜(500프랑) 목걸이를 잃어버려 4만 프랑으로 돌려준 풍자 스토리로 현대사회 두 번째 문제를 획기적으로 보여준다. 마틸드와 같은 사람들은 자신이 갖고 있는 것에 감사하지 않고, 쓸데없이 남이 갖고 있지 않은 것을 얻으려고 함으로써 부를 부리고 싶어 한다. 마틸드를 비롯한 이런 사람들은 감사하는 법을 모르기 때문이다. 자신이 먹고 있는 음식, 거주하는 집, 따뜻한 옷에 대하여 감사함을 잊어 그 이상을 얻어야 행복을 느끼는 인생을 너무 물질적으로만 지향하는 마틸드 같은 사람들에게 이 책을 읽으라고 꼭 권하고 싶다.

목걸이

잠시나마 행복했건만
과연 내면의 미소였을까

외면의 그녀를
그녀의 마음에 비추어 본다

삶의 몸부림
남은 세월의 흐름
그녀의 잃어버린 500프랑

목걸이

저 멀리 그칠 줄 모르는 빛
살포시 올라간 입꼬리

얘야, 기약의 시간이 되었다

그러고선 살포시 미소를 꺼버린다

최고의 순간을 빛내주고
오랜만의 미소를 만들어 주었지만
지옥의 바다를 떠안겨준 목걸이

잃어버린 10년을 돌아보며

얘야, 다시는 미소를 지어주지 말아라

『너를 위한 B컷』을 읽고

1506 박영지

정의

친구가 위험에 처했을때는

무시하지 말고 도와주는게

바로 정의

진심으로 도와주고 고민을 해결해 주는게 진짜 정의

헤르만 헤세의 『나비』를 읽고

2617 이채문

나는 다른 고전 소설에서는 찾을 수 없는 너무 당연한 따분함이 다소 느껴졌다. 주인공이 친구 에밀이 직접 기른 점박이 나비를 몰래 가져가다가 양심의 가책을 못 이겨 도로 되돌려 놓으려고 하나 진작에 나비가 망가져서 에밀에게 사과해 보지만 에밀에게 돌아오는 차가운 반응을 몇십 페이지를 넘게 보고 있자니 내 몸이 가만히 있지 않을 리가 없다. 전반의 이야기는 한 아이가 나비를 훔쳐 친구에게 사과해 보지만 결국 친구를 잃을 지경까지 오는 어느 지극히 평범한 일상생활에서도 충분히 일어날 만한 일이니 지금 내가 읽고 있는 고전이 헤르만 헤세의 고전이 맞나 싶은 정도였다. 하지만 책을 덮을 지경까지 온 따분함은 책 끝에 거의 다 다다르니 충격으로 바뀌었다. 주인공이 자신이 그토록 아끼고 피땀을 흘리며 모았던 나비 표본들을 손으로 가루로 만들어 버리는 것이 아닌가! 아닌 게 아니라 주인공은 자신이 밥을 먹는 것도 까먹고 나비를 채집할 정도로 나비에 완전히 미친 아이였다. 자신 노력의 결과물을 갑자기 자기 손으로 하나하나 가루로 만들어 버리니 나에게는 충격이 아닐 수가 없다. 에밀의 천대 같은 반응은 주인공을 범죄자로 만들고 에밀은 순수한 양으로 만들어 버린 것이다. 주인공은 그 범죄자 같은 죄책감과 무거운 마음으로 자기 작품을 가루로 만들어 버린 게 아닐까 싶다. 저 상황에서 자기 작품을 파괴하기는 매우 어려운 일이다. 아무리 나였어도 절대 그러지 못할 짓을 한 주인공의 마음이 너무나 힘들었으리라 생각한다. 따분하기 짝이 없는 일상의 주제를 주인공의 대단한 결정이 새로운 의미를 부여했다. 자기 잘못을 알고 그 마음을 떨치려 대단한 선택을 한 주인공에게 박수와 위로의 말을 해주고 싶다.

나비

어리석은 실수에
웃음 하나 잃기 마련이고
돈 하나 얻기 마련이다

잘잘못의 결과를
누구의 탓으로 돌릴 수 있을까

내가 그 용기 하나를 닮지 못하면

과연 누구처럼
자신의 돈을 포기할 수 있을까

과연 누구처럼
진정한 사람이 될 수 있을까

『수레바퀴 아래서』를 읽고

2617 이채문

수레바퀴 아래서

암묵적인 파도 속에
필사적으로 싸우는 그이

한숨 머금고 잠수하며
멀리 보이는 지평선을 향한다

파도는 매섭게 기승을 부리며
나부끼듯 나긋이 그를 감싸 안아준다

삶

솔솔한 바람이 창문을 넘으면
거칠지만 고운 의자에 앉아
지 얼굴을 붉힌 해를 보며
잠잠히 사색에 잠긴다

우리는 왜 이 세상을 밟았을까
이 문명의 시작은 왜인가
우리가 죽지 않아야 할 이유는 무엇인가
자기 몸에 채찍질하는 이유는 무엇인가

삶이란 무엇인가

그 위대한 질문은
내가 아무리 물아일체의 삶을 살아도
그 진리를 깨달을 땐
이미 백골이 되어 있겠지

『체리새우 : 비밀글입니다』를 읽고

3111 오승환

『체리새우 : 비밀글입니다』를 읽고 서로를 진심으로 이해하고 의지할 수 있는 게 진정한 친구라는 걸 깨닫고 그것을 시로 표현했다.

나무

하루가 지치고 피곤할 때

내가 유일하게 기댈 수 있는 한 나무

그 나무에 기대면 용기가 생기고 마음이 한결 편해진다

항상 마음 편히 다가갈 수 있는 나무

그리고 그 나무가 내게 말한다

오늘 하루도 힘내!

『빨간머리 앤』을 읽고

1610 남기쁨

항상 긍정적이고 위기 속에서도 기회를, 불행 속에서도 행복을 찾는 앤을 보며 우리의 곁에는 언제나 행복이 있지만, 우리가 발견하지 못한다는 것을 알게 되었다.

행복

찾지 못했던 것뿐인데
알지 못했던 것뿐인데

항상 내 옆에 있는
항상 내 안에 있는

고마운 너
앤과 다이애나의 우정을 닮은 너

『마리오네트의 춤』을 읽고

1610 남기쁨

현대화된 대한민국 사회에서 학생들은 정해진 미의 기준, 정해진 성공의 기준을 강요받는다. 이 책을 읽고 남들이 바라는 '이상적인 나'보다 '그 자체로 빛나는 진짜 나'가 더 소중하다는 것을 느꼈다.

마리오네트

줄에 매달려 움직이는
같은 모습을 띠고 있는 마리오네트

정해진 원칙에 맞추어
남들의 기대에 맞추어
살아가는 삶

밝은 미래가 없는
멋진 소망이 없는
그들의 모습

지금 여기 살아가는
우리처럼 느껴진다

『알로하, 나의 엄마들』을 읽고

2215 이윤진

『알로하, 나의 엄마들』을 읽고, 그 먼 옛날 꿈을 찾아 이동한 선조들의 삶의 중심에는 낙원이 있었겠다고 생각하면서 시를 창작해 보았다.

낙원

누구에게나 자신만의 낙원은 있다

누군가에겐 이불 속
누군가에겐 마음껏 공부하는 것이
누군가에겐 재물이 가득한 곳이

오늘도 낙원은 끝없는 시간 속
만들어짐과 사라짐을 반복한다

『유진과 유진』을 읽고

2403 김다인

이 책에선 성폭력에 관한 내용을 다룬다. 이름도 과거도 비슷한 두 유진. 하지만 같은 일을 겪었음에도 둘이 과거를 대하는 태도는 다르다. 이 책은 성폭력에서 부모와 사회의 역할이 얼마나 중요한지, 아이들에게 정말 필요한 게 무엇인지 생각할 수 있는 계기를 준다. 큰 유진과 달리 상처로부터 자유로워지기 전 '작은 유진은 어떤 생각을 했을까?'라는 생각이 들었다.

언제쯤, 바다

너를 끌어안으면 오한이 든다
이내 열이 오르고 아파 눈물이 난다
헤엄치는 법을 잊은 금붕어가 제자리걸음 하듯
나는 너에게 묶여 너를 달고 살 수밖에 없다

언제쯤 입술을 깨물지 않고 너를 부를 수 있을까

비틀어진 사랑은 지우지 못할 타투를 남겼고
고립된 사랑은 생선 가시처럼 온몸을 찔러왔다

얘, 언제쯤 날 놔줄래
언제쯤 도둑맞은 사랑을 내 품에 안겨줄래

그 아이와는 달리
한없이 작아진 내게,
바다를 줄래

『사피엔스』를 읽고

2617 이채문

먹이사슬의 끝 바닥이었던 인간이 한순간에 위로 올라온 그 위대한 책략은 과연 무엇이었을까? 『사피엔스』는 이러한 내용을 차근히 설명해 나가면서 우리의 궁금증을 풀어주고 새로운 궁금증을 만들어 준다. 나는 그 궁금증이라는 갈증을 스스로 찾아보고 책을 읽어가며 풀었다. 『사피엔스』에서는 어떻게 인류가 먹이사슬로 훅 치고 올라왔는지, 농업혁명이 왜 사피엔스에게 사기에 불과했는지, 또 사피엔스의 풍부한 상상력으로 인해 생긴 종교가 어떻게 인류를 통합시켰는지를 매우 구체적으로 설명해 주고 있다. 나는 『사피엔스』를 읽으면서 인문학 분야뿐만 아니라 관련된 내용을 찾아보면서 다른 분야의 견문도 훨씬 높아진 거 같다.

가상의 실체

사람들이 하나둘 신전에 모인다
낯익은 얼굴은 없다
모두 그저 그분에게 묵묵히 수행을 한다
사람들은 그분을 위해 돈을 아끼지 않으며
사람들은 그분을 위해 시간을 아끼지 않는다
모두 그분은 믿으면 천국에 간 거라고 믿는다
하지만, 그는 그들을 도와주지 못한다

사피엔스

갑은 하나님을 믿고
을은 부처를 믿고
정은 사람을 믿는다.
하나님은 세상을 창조하셨고
하나님 아래 사람은 모두 평등하다
부처는 해탈을 강조하셨고
밝게 입은 사람은 자신을 신이라고 지칭하셨다
갑에게는 윤회란 없고
을에게는 평등이란 없고
정에게는 세상이란 없다
그들 또한

아무것도 없다

『알로하, 나의 엄마들』을 읽고

3318 이수현

레이

달콤한 향기가 나는
꽃을 이어 만든 레이
두렵고 낯선
새로운 삶을 환영하는 레이
서로의 목에 걸어줄 때
서로의 고민과 행복을 나누는 레이

도스토옙스키의 『죄와 벌』을 읽고

2612 오정현

난 이 책을 추천한다. 추천하는 이유는 현실을 제대로 보여줬기 때문이다. 술에 취하는 사람들의 모습과 술에 의존하는 사람들의 모습은 현실 세계를 보여준다고 생각한다. 그리고 술에 의존하는 모습은 좋지 않다는 생각도 해보았다. 술에 취하지 말고 맑은 정신으로 세상을 살아가는 모습이 우리들의 사회였으면 좋겠다고 생각하면서, 술을 마시는 사람들이 고통을 잊으려고 마신다고 하는데, 그들의 고통을 외면하지 말고 누군가에게 위로가 되는 사람이 이 세상에 많았으면 좋겠다고 생각하면서 시를 써보았다.

누군가에게

오, 어리석은 자여
왜 저들에게 자비를 베풀지
아니하였소

오, 타락한 자여
그들을 왜 불쌍히 여기지
아니하였소

오, 어리석은 자여
이젠 그들을 그만 괴롭혀 주시오

오, 어리석은 자여
그대가 어리석었기에
어리석게 죽은 것이니
자신을 탓하시오

『허구의 삶』을 읽고

3318 이수현

『허구의 삶』을 읽고 아무리 평행세계를 여행할 수 있어도 결국에는 하나의 삶을 제대로 살고 나 자신이 누구인지 발견하지 않는다면 소용없다고 생각해서 시를 쓰게 되었다.

허구의 삶

1. 언젠가는
   평행세계를 여행하며
   이 삶 저 삶 살아본다
   무한한 가능성만큼
   무한한 세상이지만
   언젠가는 선택해야 한다
   언젠가는 나 자신을 찾아야 한다

2. 무한의 삶
   무한한 개수의 삶이 있어도 어쩌겠는가
   그중 하나라도 제대로 살지 않는다면

2부

아름다운 순간들을 생각하면서

허먼 멜빈의 『모비딕』을 읽고

2310 이정민

이 책을 읽고 나는 이런 생각을 하였다. '어째서 이 고래는 굳이 배들을 공격해가며 수많은 인명피해와 배들을 침몰시켰지?'라며 고래의 처지에서 생각해 보았다. 이 소설은 인간의 관점에서 쓴 소설이다. 그렇다면 고래의 처지에서도 생각해 봐야 하지 않을까? 이 소설에는 모비딕에 의해 팔을 잃은 영국인 선장이 등장한다. 이 선장은 고래잡이 중 모비딕의 공격을 받았다고 하는데 '그렇다면 이 모비딕은 동족을 구하려 공격한 것이 아닐까?'라는 생각을 하며 모비딕의 입장에서 이 시를 쓰게 되었다.

모비딕

그대들은 어찌 나에게 이러시오
그대들이 우리를 괴롭히지 않았소

그대들은 어찌 나에게 집착하시오
그대들은 어찌도 나를 싫어하오

그대들은 어찌 행동을 돌아보지 않소
그대들은 어찌 이익만을 추구하오

나도 그대들이 싫소
그대들도 나를 좋아하지 않소

그러니 영원히 아래에 있으시오
나를 좋아하지 않는 그대들이여

『거짓말 언니』를 읽고

1612 송다은

내가 읽은 이 책의 거짓말 언니 '강해라'는 자기 동생 '강하리'에게 솔개 나라 이야기를 들려준다. 하리는 학년이 올라갈수록 이 이야기에 대한 의심을 품는다. 그러면서 하리는 믿는 척을 하며 진실을 말해줄 때를 기다린다. 어느 날 해라는 '며칠만 혼자 지내라'는 쪽지와 돈을 두고 없어진다. 이 책을 읽고 나는 깨달음에 대한 시를 써본다.

알겠습니다

슬프고 답답했을 당신은

재밌는 이야기로
나의 슬픔을
숨겨 주셨습니다

나의 모험을 도와주시는
당신은

그때는 당신을
이해하지 못했지만

이제는
알겠습니다

『데미안』을 읽고

2409 박도하

『데미안』을 읽고, 장애 인식 개선에 대해 생각하면서 이 시를 쓰게 되었다.

새로운 세계

알 속은 새의 세계
두려운 것도 위험한 것도 없는
익숙한 공간이다

알 밖의 세계는 위험하다
무서운 것도, 해로운 것도 가득하다

그러나 알 속의 새는 새가 될 수 없다
알이라는 세계를 깨고 나와야
비로소 진정한 새가 된다

그러니 알을 깨려 움직인다
부딪히고 치이며 배워간다

자신만의 세계가 깨지고
조그마한 틈으로 빛이 들어오며
넓은 세상이 얼굴을 내민다

낯설다, 두렵다
미지의 세상은 어둡게만 느껴진다

이때 낯익은 얼굴이 다가온다
따뜻한 손길로 나를 잡는다
나를 어디론가 안내한다
어디로 가야 할지 아는 것처럼

지나온 길에는 빛이 환하다
더 이상 주변은 어둡지 않다
마음속 두려움이 가라앉는다

이제 마지막 껍질을 벗어던진다
그의 손을 잡고 힘차게 하늘로 나아간다

『유진과 유진』을 읽고

1612 송다은

같은 이름을 지닌 두 유진이가 안 좋은 경험을 이겨내려는 모습은 다른 모습이었다. 좋지 않은 일을 겪게 될 때 무작정 회피하는 것보다 이기려고 노력하는 유진이의 모습에 감동을 받아서 그 느낌을 시로 표현해 보았다.

갈림길

돌 앞에서도 멈추지 않고
이겨내려고 노력한다

두려움에 돌 앞에서 멈추고
같은 돌밭의
다른 길을 택한다

용기를 내어 달려가면
끝에는 그 두려움은 없어질 것

다른 갈림길은 두려움은

계속될 것

같은 출발점
다른 결과 그리고
다른 갈림길

『세계를 건너 너에게 갈게』를 읽고

1612 송다은

가족 간의 갈등, 어려움을 이겨내고 마지막의 감동적인 편지를 보며 가족의 사랑, 소중함을 느끼면서 이 시를 썼습니다.

가족 그리고 편지

그 자체만으로 소중하고
그 자체만으로 나를 기쁘게
해주는

무엇과도 바꿀 수 없고
무엇과도 비교할 수
없는

그런 존재
가족
그리고
편
지

『유진과 유진』을 읽고

1108 남시연

같은 일을 겪어도 대하는 태도가 다른 두 명의 유진의 모습과 주변 사람들의 반응에 따라 사람들이 변하는 것을 보면서, 상처받은 사람들의 상처를 보듬어줄 수 있는 내가 되고 싶은 마음을 시를 통해 표현해 보았다.

상처

넘어져 생긴 상처는
스스로 아물지만

마음의 상처는
누군가 필요했다

『소희의 방』을 읽고

1712 백시은

자신이 가진 고민들을 쉽사리 말하지 못하고 계속 마음속에 묻어두는 주인공의 모습을 통해 깨달은 것을 이 시로 표현해 보았다.

내 마음속 송곳

힘들면
마음속 깊은 곳에서
품고 있던 송곳

밖으로
빼내어도
좋아

계속해서
송곳을
품고 있다면

마음의 상처만
점점 깊어질 거야

혼자

아파하지 말고
송곳을 빼야 해

상처는 점점
나아질 거야

『알로하, 나의 엄마들』을 읽고

1610 남기쁨

『알로하, 나의 엄마들』을 읽고 여러 가지 어려움과 시행착오를 겪어도 이겨낼 수 있는 것은 응원해주는 주변 사람들이 있고 무엇보다 자신만의 꿈이 있기 때문이라는 것을 느꼈다.

인생의 파도

바위에 부딪히는
파도가 다가와도

흔들리지 않는
꿈이 있기에

꽃목걸이 걸어주는
당신이 있기에

오늘도 내일도
나아갑니다

인생의 파도를 향해

『주머니 속의 고래』를 읽고

1712 백시은

나는 꿈에 대한 희망이든 꿈이든 하나라도 현실 또는 외부 사람들 등에 의해 펼치지 못하게 된다면 결국 꿈과 희망을 포기하게 됨을 담았다.

톱니바퀴

희망이란 톱니바퀴
꿈이란 톱니바퀴

두 톱니바퀴가
맞물려 돌아간다

돌아가던 톱니바퀴
하나가 멈추면

다른 하나도
멈춘다

'꿈'이라는 톱니바퀴는
돌아가야 한다
계속해서

『너를 위한 B컷』을 읽고

1717 이상흠

이 책은 처음 읽기 시작했을 때부터 책이 술술 넘어갔다. 재미있었다. 흥미진진해서 너무나 재미있게 읽은 책이다. 이 책은 한 사람의 진실, 더 나아가 삶의 진실은 자랑스럽게 보인 A컷보다 오히려 숨겨진 B컷에 있지 않을까 하는 작가님의 의도가 표현된 것 같다.

요동치는 물결

잔잔하고 고요한 물결
시간이 지날수록 점점 더 요동치네

첨벙첨벙, 첨벙첨벙
물결은 위아래고 오르락내리락
부지런하게도 움직이는 물결은
요동치는 물결처럼, 요동치는 내 마음처럼

『주머니 속의 고래』를 읽고

1610 남기쁨

나의 꿈은 나만이 책임질 수 있다는 것을 느꼈고 남이 바라는 길보다 내가 진심으로 좋아하는 길을 갈 때 더 행복하고 의미 있을 것이라는 생각이 들었다.

길

심장을 뛰게 하는
삶의 의미를 주는
나만의 길

남들과 다르더라도
험하고 멀지라도

나만이 갈 수 있는
대신해 줄 수 없는
길이라면

더욱 빛나고 소중하지 않을까

『거인의 땅에서 우리』를 읽고

2403 김다인

오아시스

가장 빛나는 별이 얻고 싶어
사막을 건넜다

별 볼 일 없는 사람
별게 다 걱정인 이들

별로인 사람,
별 같은 사람
별이 되고 싶은 사람 중에도
내가 찾는 별은 없었다

그땐 왜 몰랐을까
거인의 옷자락으로 날 인도한 게
너였단 걸

과거를 떠넘기기엔
너무 작고 연약해 보였던 작은 반짝임이
날 이끈 나침반이었단 걸

네가 탁해진 게 아니라
내 마음이 신기루에 홀렸단 걸

비로소 신기루가 걷히고
내 눈에 비친 넌
거인의 땅, 별보다 많은 사람 중
가장 눈부신 오아시스

『시간을 파는 상점 2』를 읽고

1712 백시은

부정적인 세상에서 긍정적인 영향을 주려는 행동에서 보이던 모습을 이 시로 표현해 보았다.

똑딱

똑딱 소리 들리면
생각나는 학교

똑딱 소리 들리면
느껴지는 용기

똑딱 소리 들리면
생각나는 사람

똑딱 소리 들리면
느껴지는 뿌듯함

『너를 위한 B컷』을 읽고

1712 백시은

나는 세상이 영상처럼 편집되어 보이는 것만 보고, 자신이 생각하는 것만 생각하면 안 된다는 생각이 들어 이러한 시를 쓰게 되었다.

편집

세상을 편집해
바라보면
보지 않아 가려진
누군가의 희망을 지나치게 된다

세상을 편집해
바라보면
생각하지 않아 가려진
누군가의 인생을 지나치게 된다

『유진과 유진』을 읽고

1610 남기쁨

과거에 같은 상처가 있었더라도 그 상처를 어떻게 다루느냐에 따라서 결과가 달라진다는 것을 느꼈다. 상처를 잘 보듬는다면 상처가 성장의 계기가 되겠지만 상처를 아픔으로 남긴다면 지울 수 없는 안 좋은 기억이 될 것이다.

걸림돌과 디딤돌

과거의 아픔이
걸림돌이 되어
나를 넘어지게 했지만

이제는 아니다
디딤돌이 되어
나를 일으켜 세운다

걸림돌이냐
디딤돌이냐
그것은 나의 선택

『허구의 삶』을 읽고

1612 송다은

자신의 선택을 통해서 삶이 정해지고 그 삶이 아니더라도 여러 개의 평행세계에서의 다른 삶이 존재한다는 것을 알고 올바르게 그리고 진짜 내 삶을 선택하며 살자고 생각하고 이 시를 쓰게 되었습니다.

길을 걷자

나의 길을
내가 선택하며 길을 걷자

여러 개의 갈라진 길 중
내가 선택한 그 길을
여행처럼 그리고 꿈처럼
걷자

내 삶의 그 길을
오직 나만이 알고 있는 그 길을

그 길을 걷자

『미녀와 야수』를 읽고

1612 송다은

사람들이 겉만 보고 사람을 판단하지만, 미녀는 그러지 않았고 사람의 내면의 아름다운 모습을 보았다. 이 책을 읽고 겉모습보다 내면의 아름다움이 중요하다는 것을 느끼면서 이 시를 썼다.

내면

사람들의 내면과 외면은
다르다

마치 수박처럼
마치 계란처럼

외면만 보고는 그 사람을
그것을 알 수 없다

내면 그 마음을
보자

『수레바퀴 아래서』를 읽고

1108 남시연

『수레바퀴 아래서』를 읽고 아이들이 자신이 원하는 대로 살아가지 않고, 어른들이 시키는 대로 공부만 하고 있어 안타깝다는 생각이 들어 이 시를 쓰게 되었다.

어디로

이쪽으로 갈까요?
네, 네, 그쪽으로 가죠

저쪽으로 갈까요?
네, 네, 그쪽으로 가죠

어디로 갈까요?
네, 네, 그쪽으로 가죠

『아몬드』를 읽고

1108 남시연

감정이 없는 손재원의 남은 가족인 엄마마저 의식불명이다. 어느 날, 곤이라는 친구를 만난다. 곤이는 소년원에도 있었던 아이이다. 둘은 친해지다 갑자기 곤이가 사라졌다. 재원은 그를 구하다 쓰러진다. 재원이가 일어났을 때 엄마도 깨어나 만난다. 이 책을 읽으면서 친구에 대해 생각해 보았다.

친구

어떤 모습이든
친구는 친구

나의 도움이 필요하면
언제나 달려갈게

어떤 모습이든
친구는 친구

『허구의 삶』을 읽고

1513 윤서원

뫼비우스의 띠처럼 과거와 미래에 꼭두각시처럼 끌려다니는 허구의 삶이 처참하게 느껴졌다. 허구는 자신을 잃어버린 채 돌아다녔기 때문이다. 왜냐하면 진짜인 줄만 알았던 자신의 부모님이 사실 양부모였던 사실에 그의 인생이 뒤틀려 버린 것이 불쌍했다.

삶

그의 삶은 고달프고 고달파
그 끝은 보이지 않네
그의 삶은 점철 같고 점철 같아
그 끝은 보이네

『유진과 유진』을 읽고

1117 장준혁

『유진과 유진』을 읽고, 안 좋았던 기억이든 좋았던 기억이든 기억해야 한다는 생각이 들었습니다. 『유진과 유진』을 읽은 후 「기억은 태엽처럼」이라는 제목의 시를 창작해보았습니다.

기억은 태엽처럼

기억은 태엽처럼
좋았던 기억, 행복했던 기억,
간직하기 위해
태엽을 감는다

기억은 태엽처럼
슬펐던 기억, 좋지 않은 기억,
잊어보기 위해
태엽을 반대로 감는다

기억은 태엽처럼
태엽을 감으며
떠올리지 않으면
기억은 멈춘다

『기억전달자』를 읽고

2612 오정현

기억을 보관한다는 건 참으로 어려운 것이라는 생각을 하면서 시를 썼다.

기억전달자가 기억 보관자에게

기억을 보관한다는 건 참으로 어려운 것이다

기억하기 싫은 내용이라도 기억해야 되며 간직해야 된다. 그게 기억자의 숙명이다

절대로 네가 죽을 때까지 그만두면 안 되며, 너만이 알아야 하며 그 누구에게도 말하면 안 된다

누설할 시 사람들이 감당할 수 없어 세상엔 혼란이 찾아와 사람들이 자신 스스로를 파괴할 것이니

혼란을 데리고 올 기억이 밖으로 새어나가지 않도록 기억을 보관해 주시오

『체리새우 : 비밀글입니다』를 읽고

1201 고은율

용기가 인생을 바꾸는 것과 같이 용기가 대단하지만, 용기가 너무 많으면 무서운 것을 몰라 손해가 될 수 있을 것 같다고 생각하면서 시를 창작해보았다.

용기

용기가 있어야지
원하는 것을 얻을 수 있다
용기가 있어야지
칭찬을 듣는다
용기가 있어야지
끝까지 갈 수 있다

하지만…
조금의 용기는 버려도 괜찮다

『안녕, 내 첫사랑』을 읽고

3422 홍수인

주인공의 짝사랑에서 처음의 설레었던 부분과 마지막에 실패했을 때의 한탄과 조언을 보면서 이 시를 쓰게 되었다.

사랑

첫사랑의 달콤함
마주칠 때의 설렘을
어떻게 잊을 수 있을까

헤어졌을 때의 고통
회상할 때의 씁쓸함을
어떻게 잊을 수 있을까

넌 내게 영원히 기억되겠지

『유진과 유진』을 읽고

3102 김성연

『유진과 유진』은 상처에 관한 이야기, 상처를 마주하며 희망을 말하는 책이다. 두 유진에게는 같은 경험으로 얻은 상처가 있다. 그 상처를 회피하고 도피하지 않고 있는 그대로 마주함으로써 고통스러운 지라도 상처를 아물게 하도록 치료해 나가는 과정을 담아낸 책이다. 이 책을 읽고 나는 '과연 내가 받은 상처들을 잘 치료해 나가고 있나?'라는 질문을 스스로에게 던져본다. 이 책을 읽고 나서 나의 상처를 마주하는 것이 전보다 덜 두려워졌고 오히려 상처받는 순간마다 가능한 한 빨리 치료해야겠다는 다짐을 하게 되었다. 많은 용기를 얻게 된 책이다. 이 세상에 있는 모든 유진이들의 상처가 잘 아물어서 행복하게 살았으면 좋겠다.

상처

상처를 보자
상처를 보자

모른 체하지 말고
덮으려 하지 말고
상처를 보자

바람도 쐬어주고
햇빛도 쬐어주고
다시 상처를 보자

이것 봐
어느새 나무의 옹이처럼
단단하게 아물었네

『오백 년째 열다섯』을 읽고

1202 김가현

가을이의 열다섯을 보고 남과 다르지만 조금 특별한 열다섯을 떠올리면서 시를 썼다.

열다섯

특별한 나의 열다섯

오백 년째 열다섯이지만
항상 다른 열다섯

주변 사람들과 맘 아픈 이별이 있어서
난 더 성장할 수 있었다

새로운 인연은 새로운 삶
새로운 인연은 새로운 열다섯

삶을 아끼는 삶을 사는 것이
가치 있는 삶

『안녕, 내 첫사랑』을 읽고

1207 김태헌

이 책의 첫사랑의 시작과 첫사랑의 끝을 생각하며 이 시를 썼다.

첫사랑

모든 것을 다 바치는 첫사랑
하지만 이루어지지는 않는 첫사랑
정말 좋은 경험인 것 같다

『죽이고 싶은 아이』를 읽고

1214 유준혁

『죽이고 싶은 아이』를 읽으면서 사람들이 믿는 대로 현실이 되어버려 정작 진실은 뒤편으로 감춰지는 사회를 보며 떠오른 시상을 표현했다.

진실

사람들이 믿는 대로
진실은 감춰진 채
되어가는 현실

진실이 아닌 거짓
진실이 되어가는 거짓

그것이 정녕 사실이란 말인가

『죽이고 싶은 아이』를 읽고

1223 한예린

『죽이고 싶은 아이』를 읽고 남자 친구 때문에 싸우는 모습과 마지막 장면에서는 죽은 친구가 주인공을 이용했다는 생각이 들었다. 이 책을 읽으면서 친구 관계에서 중요한 것이 무엇인지 생각해 보았다. 친구 간에는 믿음과 신뢰가 있어야 하고 그래야 진정한 친구가 될 수 있을 것이라는 생각이 들어 이 시를 썼다.

진짜 친구

믿음이 있어야
친구 관계

믿음과 신뢰가 있어야
정말 친한 친구

믿음과 신뢰가 없는
서로를
이용하는 친구는

친구 관계가 아니다

『허구의 삶』을 읽고

1215 이민서

『허구의 삶』에서 주인공이 특별한 친구에게 조언해주면서 가까워지는 장면을 읽으면서 떠오른 시상을 표현했다.

선택

친구에게
고민을 털어낼 수도 있고
조언을 해줄 수도 있고

그러나
선택은 나의 몫

내 선택의 길을 걸으며
나는 친구와 다른 길을
같이 걸어간다

친구는
나의 있는 그대로 그 모습을
바라만 보고 있을 뿐이다

친구의 조언을 듣고

친구에게 고민을 털어내는

나는

오늘도 선택을 한다

『어메이징 디스커버리 캐나다』를 읽고

1218 이태한

다른 나라들처럼 빈부격차가 없는 세상을 누려보았으면 좋겠다는 것을 생각하면서 시를 써보았다.

행복한 나라

행복한 나라
서로에게 관심을 주는 나라
서로에게 따뜻한 나라

문화를 이해해 주는 나라
서로 도와주는 나라
모두 행복한 나라

『너를 위한 B컷』을 읽고

1401 강다연

A에 가려진 B컷

무언가 문제가 있어 보이지만 정확하게 드러나지 않는 B컷
이런 잘린 삶의 B컷이라는 것이
우리에게도 존재하는 것인지 궁금해집니다
마치 우리 삶에 왕따인 듯 B컷은 중요하게 여겨지지 않습니다
그러나 B컷에도 희망이 보일 때도 있습니다

『빅 픽처』를 읽고

1219 장세휘

『빅 픽처』를 읽고 꿈을 가지고 나아가는 삶의 방향과 나의 미래의 꿈을 생각하면서 시를 썼다.

꿈

10대의 나이가 나에게
꿈을 준다
20대의 나이가 나에게
힘듦을 준다
30대의 나이가 나에게
좌절과 성공을 준다
50대의 나이가
가족의 행복을 준다
80대의 나이가 나에게
"네가 알던 삶은 이제 다시는 돌아오지 않아"라고 말한다

『인체 극장』을 읽고

1220 정무영

『인체 극장』을 읽고 기쁨이라는 감정에 대해 생각한 것을 시로 표현해 보았다. 기쁨을 주제로 시를 쓰면서 감정의 중요성을 생각했다.

기쁨

우리는 기쁨이 필요하다
슬픈 일이 있으면
화나는 일이 있으면
울거나 화를 낸다
기쁨이 있으면 이런 감정을
덮을 것이다
기쁨이란 것은 쓸모 있는 감정이다

『유진과 유진』을 읽고

2310 이정민

이금이 작가의 『유진과 유진』을 읽고 '시를 어떻게 써야 할까?' 고민을 많이 하였다. 한 쌍으로 이루어져 있으며 똑같은 상처를 받고 하지만 다른 그런 비유할 것이 필요했다. 그렇게 고민해서 나온 것이 책이라는 사물이었다. 책은 한 장, 한 장 넘길 때마다 내용이 달라진다. 하지만 책에 상처를 입히면 두 내용이 같아지진 않지만 똑같은 상처로 남겨 비유에 적당했다. 책의 상처는 유진과 유진이 겪은 상황을 비유하였고 작가는 부모로 비유하였다. 한 장의 앞쪽과 뒤쪽은 두 사람이 살아온 인생이었고 두 사람의 유대감이었다. 부모에 따라 두 사람의 인생의 내용이 달라졌고 그렇게 한 장의 앞쪽과 뒤쪽은 전혀 두 내용을 담게 되었다.

책

책을 펼쳐
한 장의 앞쪽과 뒤쪽을 읽으면

한 장의 앞쪽과 뒤쪽의 내용이 다르다
한 장의 내용은 작가의 쓰임에 따라

내용이 달라진다
결국 이어진 한 개의 책일 뿐이지만

한 장의 내용은 작가의 쓰임에 따라
내용이 달라진다

책을 닫아 자르면 똑같이 잘리지만
책을 펼쳐 앞쪽과 뒤쪽을 읽으면 똑같은 내용이 아니다

이처럼 이어진 책일지라도 똑같은 상처가 있더라도
결코 한 장의 내용은 같은 것이 아닐 것이다

작가의 쓰임에 따라
한 장의 내용은 달라지는 것이다

『옷소매 붉은 끝동』을 읽고

2310 이정민

『옷소매 붉은 끝동』을 읽고, 삶과 사랑에 대해 느낀 점을 시로 표현해 보았다.

나를 사랑하는 그대

나를 사랑하는 그대여
나는 그대를 사랑하지 않습니다

나를 사랑하는 그대여
왜 이렇게 나를 비참하게 합니까

나를 사랑하는 그대여
그대만 없어도 난 행복합니다

나를 사랑하는 그대여
나는 그대가 싫습니다

나를 사랑하는 그대여
나를 찾지 말아 주십시오

제발 나는 그대가 싫습니다

제발 저를 밀어내 주십시오

내가 사랑하는 그대여

『십대를 위한 실패수업』을 읽고

1614 이산

실패

우리는
성공하기를 원한다

우리는
살면서 계속 성공할 수는 없다

우리는
언젠가 실패한다

우리는
실패했을 때

우리는
실패에서 아무것도 배우지 못하고

바로
자책하고 좌절하고 포기한다

바로
이것이 계속되는 실패의 이유이다

『안녕, 내 첫사랑』을 읽고

1221 정지은

동재와 연아는 비록 헤어졌지만, 그 사랑이 동재를 더 성장하게 해주었다는 생각이 들었다. 책을 읽으면서 느꼈던 감정을 시로 표현해 보았다.

첫사랑

너를 바라볼 때 들던 감정은
풋풋한 여름의 색깔 같은

너를 보며 웃으면서도
혹여나 떠나버릴까 걱정하던
지난날들을 너는 알고 있는 건지

가장 달콤한 날 가버린 너를
붙잡기보단 흘려보낸
내 마음은 한층 성장했다

그런 너를 부르는 말은
첫사랑

『소희의 방』을 읽고

2501 권소현

『소희의 방』을 읽고 내가 깨달은 것을 바탕으로 시를 썼다.

딱 좋은 책

다시 태어날 수는 없다
다시 돌아갈 수도 없다
과거는 과거로만 남긴다
그 누구도 자신의 선택을 비판할 수 없다
돈보단 말이 중요하다
돈으로 모든 것이 되진 않는다
나는 느꼈다
이 책은 새로웠다. 이 책은 신비롭다
자꾸만 생각나고 자꾸만 읽고 싶다
이금이 작가님의 책『소희의 방』딱 좋다

『허구의 삶』을 읽고

1210 문정안

『허구의 삶』을 읽고 삶은 선택이 있고 그 선택은 우리를 나아가게 한다고 생각하면서 쓴 시이다.

선택

여러 길을 선택하고,
선택한 길을 나아가면

내 선택의 결과물이
다른 선택보다 나을까?

결과를 모르며 살아가며
선택을 하는 게 살아가는 것

3부

시와 시조를 쓰는 우리

규중칠우쟁론기

2617 이채문

모두 불결한 존재이니
부디 그들을 멸시하고 말리지 마시오
세상에서 가장 관대한 사람처럼
그들의 공을 인정해 주시옵소서

착각

3111 오승환

너는 알까 그들은 널 사랑한다는 걸
너는 알까 그들은 널 미워하지 않는다는 걸
지금 너는 수많은 감정들이 쌓여 모르겠지만
그것만은 알아둬 그들은 늘 그랬듯이 너를 기다린다고

나에게

2612 오정현

아침은 오늘 하루 잘해보자고 나한테 말해보자
오후는 오늘 하루 잘하고 있다고 나한테 칭찬해보자
저녁은 오늘 하루 수고했다고 나한테 말해보자

내비게이션

2504 김서은

삐뚤빼뚤한 길 위에서 나의 길이 되어주는 안내견
내비게이션같이 나를 안내해 주는 안내견
너는 나의 소중한 존재
막막한 상황 속, 빛이 되어주는 나의 안내견
너는 나의 눈이자, 가장 소중한 벗

돛단배
(교육부장관상 수상작)

2102 김민주

아무것도 안 보이는
아무것도 없는
밤하늘 같은 바다를
떠다니는 돛단배

조그마한 돛단배가
작은 바람에도
이리 휘청
저리 휘청
위태롭게 떠간다

그때
탁
아주 작은 불빛이
돛단배를 비춘다

먹구름이 끼어도
바람이 불어도
언제나 같은 자리에서
돛단배를 비춘다

지치지도 않는 듯
한자리에 가만히 서서
돛단배를 기다린다

돛단배야
너는 그 마음을 알 수 있을까

우리 모두 꽃을 피워 보자

1607 김재은

혼자 있지 마
우리 모두 마음이 아프잖아
우리와 같이 놀자

착한 너는
검은 우리와 다를 수도 있지만
내면은 따뜻하고 착하지

착한 너는
우리와 어울려 놀면
얼굴에 활짝 꽃이 피지

꽃 같은 너의 미소

착한 우리 모두
형형색색 향기로운 꽃을
피워 보면 어떨까?

너와 나 우리 모두 꽃을 피울 수 있어
우린 하나니깐!

스승의 날

1621 정윤서

우리를 항상 애정으로 보살피고
돌봐주시는

선생님들의 제2의 생일날

모두들 같이 여럿이서 모여서
오로지
선생님을 축하하는 날

이날이 있었기에
스승과 제자 서로 간의
감정이 풍부해지고
애정은 돈독해지고

학생들에겐 꼭 필요한 존재,
없으면 안 될 존재 선생님

항상 감사하고
항상 사랑하고
항상 존경하고

스승님께 드리는 시

1611 노현아

가게 안의 키오스크처럼
차근차근 지도해 주시는
○○○ 선생님

하늘 안의 무지개처럼
색색의 매력이 있으신
○○○ 선생님

보도블록 안의 점자블록처럼
우리를 바른길로 인도해 주시는
○○○ 선생님

풀들 안의 바위처럼
굳건하게 계시던
○○○ 선생님

표지판

2314 이혜승

모르는 길을 알려주고
잘못된 길을 바로잡고
올바른 길로 인도하는
아주 작지만, 또 큰 표지판

이 표지판을 보며 나는
끝이 없는 이 울퉁불퉁한 길 위에서
앞으로 나아가며 길을 찾고
목적지에 다다른다

아주 작지만, 또 큰
아주 사소하지만, 또 위대한
이 표지판이
나의 인생을 바꿔놓았다

길잡이

2113 윤사랑

삶을 살아가면서
여러 갈래의 길을 마주칠 때마다
우리는 항상 선택을 하고 나아간다

그 선택이라는 건 대부분이 어려워서
우리는 항상 고민 속에서 살아간다

그럴 때 길잡이처럼 우리에게
도움을 주는 사람이 있다

바로 선생님이다
선생님은 길잡이처럼
우리를 이끌어주시기도 하고
잘못된 길로 들려 할 때
우리를 바로 잡아주기도 한다

이런 것들을 보면
선생님은 정말 길잡이가
맞는 것 같다

꽃을 피우는

2302 김승주

꽃병에 담긴 꽃을
보살피는 것처럼
꽃을 피우기 위해
물을 주는 것처럼

선생님은
꽃의 주인이고
꽃을 피우는
우리에게 도움을 주는
가르침을 주는

선생님은 꽃

2611 신유림

항상 열정으로 가르치시는
선생님은 빨간 장미 같으시고
항상 바른길로 인도해 주시는
선생님은 흰 국화 같으시며
항상 따뜻한 마음으로 대해주시는
선생님은 해바라기 같으십니다

나의 여름, 나의 선생님

2413 안다인

여름날 잠시 쉬어갈 수 있는
여름날 갈증 해소할 수 있는
여름날 나에게 힘이 되어주는

나의 나무 그늘, 나의 얼음물

언제나 내게 편안함 주며 쉬게 하는
언제나 내게 아낌없는 조언으로 걱정 없애주는

나의 선생님, 나의 여름

그저 좋을 뿐인데

2112 유나은

너와 나에게
우리에게
차이가 있을까?
글쎄
우리가 다른 게 있을까 싶어

너와 나에게
우리에게
공통점은 참 많은데
무언갈 함께할 수 있다는 것도
같이 즐겁게 얘기를 하는 것마저도

우리가 같이할 수 있는 건
끝도 없이 많을 텐데
걷다가 널 마주치는 것도
학교에서 널 바라보는 것도

그저 좋을 뿐인데

나와 너의

2106 김효중

나를 웃게 해주는 나의
강아지
너를 안내하는 너의
강아지

기분이 좋아 짖는 나의
강아지
너를 멈추기 위해 짖는 너의
강아지

너와 나를
이어주는
우리의
강아지

나와 너와
우리를
이어주는

당근마켓

2109 배영민

당근~!
무료 나눔을 한다는 소리

사랑을 무료 나눔

나는 바로 연락을 해본다
직거래 가능한가요?

학교에서 만났다
당근이세요?

사랑이라는 나눔을 받았다

사랑이 넘쳐흐르는
♡우리 학교♡

휠체어를 타고 다니는 친구에게
줄 선물을 골라본다

당근~

무료 나눔이라지만
사랑을 받고

역지사지의 마음을
느낄 수 있는
사랑이 느껴지는
여기는 우리 학교

밤과 배와 나침반에게

2121 최서정

고요한 밤아
등불은 없더라도
손잡아주는 내가 있으니

돛 없는 배야!
비록 느리더라도
너를 도우려는 노가 있으니

고장 난 나침반아
도착지는 찾지 못하더라도
아직 너와 함께하고 있으니

너는 그저 내 손을 잡고
세상을 향해, 행복을 향해
한 걸음 더 나아가자!

필연적인

2603 남다경

당신은 비요,
나는 구름이다

당신이 하늘을 날아 내게로 오면
그제야 나는 완전한 내가 되리라

당신은 흙이요,
나는 아직 어린 자작나무이다

당신이 그 따뜻한 품으로 나를 안으면
그제야 나는 비로소 성장하리라

우린 아직 어리숙한 운명의 관계

하지만

네가 있었기에 내가 완성되는 우린,

필연적인 관계

도마뱀

2605 박시우

도마뱀은 위협을 느끼면
꼬리를 스스로 자른다

그 꼬리는 다시 자란다
도마뱀들은 이것을 이해한다

하지만 사회는 이해하지 않는다

들꽃

2113 윤사랑

잎만 무성한 화단 속
작게 피어난 들꽃

서로 달라 처음엔 이상하게
보였을지는 몰라도
보면 볼수록 잘 어울리고
아름다운 화단

우리 곁에도 그런 들꽃이 있다
그런 들꽃이 네가 아닐까?

우리가 함께 살아가는 이곳이
조화로운 화단이 되도록

도서관

2321 최다은

도서관에는 책이 있다
다채로운 표지를 뽐내는
두껍고 얇은 책이 있다
전부 다른 모양이지만

전부 소중한 책이다
표지가 조금 독특하더라도,
종이에 흠이 있더라도
모두 도서관의 일부인 책이다

예쁘고 모난 데 없는 책
두어 권만으로는 도서관을 만들 수 없다
조금 낡거나 낯설거나,
크거나 작은 책들이 모여야
도서관을 만들 수 있다
조금 다르다는 건
제할 이유가 되지 못한다

그러니 우리도 도서관처럼
서로 다른 예쁜 색과 마음을 안고 있는
사람들과 어우러져 보자

예쁘고 모난 데 없는 책들 몇 권보다
다양한 책들이 함께 어우러진 도서관이
훨씬 더 아름다운 법이니까

가위, 바위, 보

2114 이여음

너는 보
나는 바위

가위가 널 해치려 하면
내가 나서서 막아줄게

내가 힘들 땐
네가 날 감싸줘

그러면 난 다시 힘내어
널 해치려 하는 가위들을 막아줄게

우린 겉모습은 다르지만
서로를 아끼고 지키려는 따듯한 마음만큼은 같으니

같이 행복해질 수 있어

딸기라떼

2601 권지연

딸기와 우유

딸기는 빨갛고
우유는 하얗다

이런 둘이
너무나도 다른 둘이

어울리게 되면

달고 맛있는
딸기라떼가 된다

너무 다른 둘인데도
하나로 어울리게 되자

색다르고 더 좋은
딸기라떼가 되었다

우산

2516 이한비

불빛이 꺼진 전등 같은 너에게
전기를 흘려줄게

오랜 시간 기다릴 강아지 같은 너에게
문을 열어줄게

촉촉이 비 오는 날
하늘만 바라보고 있을 내 친구에게
우산을 씌워줄게

나의 온기를 나눠줄게

농부

2310 이정민

농부는 새벽같이 일어나
밭일을 한다

농부는 새롭게 태어날
새싹을 기다리며
밭일을 한다

농부는 봄에도 여름에도
가을에도 겨울에도 새싹을 향한 사랑으로 밤낮없이
밭일을 한다

농부는 뜨거운 햇볕에서도
차가운 바람 속에서도
밭일을 한다

새롭게 태어날 새싹을 기다리며
밭일을 한다

〈우리~ 시조도 좀 쓰잖아〉

지팡이 짚고

2221 조윤솔

심술 난 날 달래는 따스한 걸음걸이
한 손은 고사리손 한 손은 지팡이손
사랑해 말도 못 하곤 안아주는 내 마음

사랑 愛

2603 남다경

고통의 정의였던 인내가 눈부시다
젊음을 산화시킨 역경이 찬란하다
나만을 사랑하셨던 부모님들 덕분에

우리가 있었다면

2118 전이유

아이가 다쳤을 때 부모는 더 다친다
아이가 슬퍼질 때 부모는 더 슬프다
부모가 외로웠을 때 우리는 없었다

이유

2212 우보현

우리가 여기 있는 이유는 유일하다
우리가 살아가는 이유는 유일하다
부모님, 단 하나뿐인 우리들의 부모님

도움 주던 순간

2522 최승영

희망을 보곤 했다 도와준 그 순간에
예쁜 손 내어줄 때 멋진 힘 나눠줄 때
희망을 보고 있었다 봉사하던 그때에

해

2518 전민지

햇빛은 쨍쨍하게 세상을 비춰준다
햇빛이 우리에게 수많은 도움 준다
우리도 그 햇살처럼 봉사하며 삽시다

봉사하는 날

2510 배형석

봉사를 시작하여 베풀고 도와주자
봉사를 실천하여 나누고 사랑하자
봉사를 시작한다면 오늘 하루 좋은 날

두 분

2511 심준경

부모님 사랑하고 부모님 존경하자
우리는 부모님의 사랑에 보답하자
부모님 사랑합니다 존경해요 두 분을

언젠가

2206 김하연

혼자선 할 수 없는 우리가 바란 세상
너와 나 손을 잡고 서로를 도와가면
언젠가 행복한 세상 이뤄낼 수 있으리

마음의 영생

2217 임세윤

봉사의 기쁨이여, 거룩한 기쁨이여
효도여, 보은하는 인간의 마음이여
죽음도 뺏지 못하는 아름다운 도덕심

살핌

2512 유민주

언제나 따사로운 어머님 보살핌이
든든한 아버지의 자상한 보살핌이
오늘도 멋진 세상을 살 수 있게 만든다

사랑

2513 윤송현

부모의 사랑이란 깊고도 깊으리라
우리는 그 사랑을 맘속에 새겨넣자
그러면 모든 사람들 사랑으로 가득해

선물의 보답

2222 최단아

언제나 우리에게 사랑을 주는 부모
우리는 그 사랑을 언제나 기억하자
부모의 사랑이라는 선물에게 답하자

감사

2515 이주하

어머니 은혜로운 가르침 감사하다
아버지 따사로운 가르침 감사하다
부모님 키워주셔서 감사해요 부모님

사랑하는 부모님

2516 이한비

언제나 함께하고 언제나 힘이 되는
언제나 내 편이고 언제나 희생하는
고마운 나의 부모님 사랑하는 부모님

갚을 뿐

1115 이아린

우리를 사랑하는 부모님 사랑해요
우리를 낳아주신 부모님 감사해요
우리는 그 은혜들을 기억하며 갚을 뿐

효도가(孝道歌)

1214 유준혁

부모님 말하신다 효도 좀 해주거라
어깨를 주무르고 허리를 밟고 있다
그제야 부모님께서 만족하며 웃는다

감사함들

1221 정지은

부모님 내 어릴 적 주셨던 감사함들
힘듦을 참으시며 키워준 감사함에
보답할 방법 한 가지 효도하며 사는 것

효도쿠폰

1222 지가빈

열심히 만들어진 부모님 효도쿠폰
그러나 쿠폰들은 집에선 쓰지 않는
평범한 종이조각들 이제부턴 잘 쓰자

효도

1708 김지유

언제나 그 자리에 내 곁을 지켜주니
그 사랑 뿌리 되어 내 삶의 중심 되네
고맙고 사랑합니다 하나뿐인 부모님

봉사

1717 이상흠

상대의 힘든 일을 도와줄 선한 사람
상대의 힘든 점을 도와줄 선한 사람
모두가 서로를 돕는 아름다운 이 세상

효도

1713 서지효

어머니 사랑으로 보듬어 주시면서
아버지 기쁨으로 가정을 보살핀다
진심의 효도라는 걸 마음으로 전한다

반포보은(反哺報恩)

1305 김아연

자식을 사랑으로 보듬는 부모님은
기쁠 때 곁에 있고 슬플 때 위로해줘
그 마음 보답하는 건 우리들의 효도뿐

봉사

1313 양다니엘라

봉사로 더 나은 세상을 만듭시다
베풀며 살아가는 좋은 사회 만듭시다
더불어 같이 살아갈 봉사 가득 멋진 세상

엄마의 운동화

2609 성예진

언제나 낡디낡은 운동화 신고 계신
부모님 낡은 신발 덕분에 우리들은
편안한 세상 속에서 누리면서 살았고

엄마의 운동화는 언제나 낡았는데
우리의 운동화는 언제나 깨끗하다
엄마의 희생과 같은 운동화가 되고파

나무

2216 이정인

더울 때 그늘 되고 추울 때 솜옷처럼
나에게 무엇이든 내주는 나무 같은
따뜻한 부모님 마음 우리들이 되갚자

우산과 핫팩

2205 김태욱

비 올 때 우산으로 눈 올 땐 핫팩으로
그들의 필요함을 가만히 생각해요
그 순간 나의 마음에 웃음꽃이 피네요

어른

2102 김민주

부모는 자식 위해 그 몸을 불태운다
자식은 모르겠지 부모의 위대함을
어른이 되었을 때야 위대함을 알겠지

부모님을 사랑하는 마음

2112 유나은

그들을 사랑하는 마음을 전할 때는
어떻게 해야지만 전할 수 있을는지
그들을 사랑하는 건 어찌 보면 당연한

효도라는 보답

2113 윤사랑

지금껏 받아왔던 사랑에 보답한다
지금껏 희생하신 부모님 보답한다
지금껏 못 해왔었던 보답들을 할 거다

양자이론

2117 이하윤

부모의 행동들과 부모의 마음들은
알려고 시도해도 절대로 알 수 없다
스스로 경험해보기 전까지는 절대로

화답

2403 김다인

햇빛에 보드라운 부모님 미소에선
사랑이 담겨있어 사랑하지 않고는
어여쁜 봄꽃 내음도 맡을 수가 없어서

우리의 땀

2413 안다인

세상을 밝혀온 건 숨겨진 그들의 땀
이제는 우리들이 그들을 본받아서
세상을 밝히기 위해 땀을 한번 내보자

우리가 바란 세상

2206 김하연

혼자선 할 수 없는 우리가 바란 세상
너와나 손을 잡고 서로를 도와가면
언젠가 행복한 세상 이뤄낼 수 있으리

나의 차례

2207 박시연

언제나 나를 위해 열정을 다하시는
언제나 변함없이 내 편이 되어주신
따뜻한 부모님 사랑 이제는 나의 차례

오아시쓰

초판 1쇄 발행 2023년 10월 27일

지은이 해밀중 리더의 글쓰기, 해밀중학교, 조선영
펴낸이 이기봉
편집 좋은땅 편집팀
펴낸곳 도서출판 좋은땅
주소 서울특별시 마포구 양화로12길 26 지월드빌딩 (서교동 395-7)
전화 02)374-8616~7
팩스 02)374-8614
이메일 gworldbook@naver.com
홈페이지 www.g-world.co.kr

ISBN 979-11-388-2383-8 (03810)

- 가격은 뒤표지에 있습니다.